Melhores Poemas

MARIO QUINTANA

Direção de Edla van Steen

Melhores Poemas

MARIO QUINTANA

Seleção de
FAUSTO CUNHA

São Paulo
2023

© by herdeiros de Mario Quintana, 2023

18ª Edição, Global Editora, São Paulo 2023

Jefferson L. Alves – diretor editorial
Gustavo Henrique Tuna – gerente editorial
Flávio Samuel – gerente de produção
Jefferson Campos – assistente de produção
Nair Ferraz – coordenadora editorial
Amanda Meneguete – assistente editorial
Giovana Sobral – revisão
Diego Grandi/Shutterstock (Porto Alegre, RS, Casa de Cultura Mario Quintana) – foto de capa
Lilian Guimarães – diagramação

Dados Internacionais de Catalogação na Publicação (CIP)
(Câmara Brasileira do Livro, SP, Brasil)

    Quintana, Mario, 1906-1994
      Melhores poemas Mario Quintana / seleção Fausto Cunha ; direção Edla van Steen. – 18. ed. – São Paulo : Global Editora, 2023.

    ISBN 978-65-5612-426-1

    1. Poesia brasileira I. Steen, Edla van. II. Título.

22-138045   CDD-B869.1

Índices para catálogo sistemático:
1. Poesia : Literatura brasileira B869.1

Cibele Maria Dias - Bibliotecária - CRB-8/9427

Obra atualizada conforme o
NOVO ACORDO ORTOGRÁFICO DA LÍNGUA PORTUGUESA

Global Editora e Distribuidora Ltda.
Rua Pirapitingui, 111 – Liberdade
CEP 01508-020 – São Paulo – SP
Tel.: (11) 3277-7999
e-mail: global@globaleditora.com.br

 globaleditora.com.br   @globaleditora

 /globaleditora   @globaleditora

 /globaleditora   /globaleditora

 blog.grupoeditorialglobal.com.br

 Direitos reservados.
Colabore com a produção científica e cultural.
Proibida a reprodução total ou parcial desta
obra sem a autorização do editor.

Nº de Catálogo: **1426.POC**

Fausto Cunha nasceu no Recife, Pernambuco. Crítico, ensaísta e contista, é autor, entre outras, das seguintes obras: *A luta literária, O Romantismo no Brasil* e *A leitura aberta*, (crítica e ensaio); *As noites marcianas, O beijo antes do sono, O dia da nuvem* (ficção). Também já publicou estudos sobre Mario Quintana. Faleceu em 30 de janeiro de 2004.

O ÚLTIMO LÍRICO MARIO QUINTANA

Esta nova antologia de Mario Quintana, como as anteriores, não pretende substituir-se à sua obra ou dela extrair o melhor, o suco, a nata. Muito menos o essencial de sua poesia. Pela própria natureza de sua obra, qualquer antologia que dele se faça resulta em *duas* antologias: a do que foi incluído e a do que não foi incluído. Não intentei sequer estabelecer uma ordem de preferência, uma direção de leitura. O próprio poeta, na antologia de 1981, eliminou a cronologia dos poemas. Preocupei-me em escolher para um leitor de primeira viagem, sempre pensando na obra de Mario Quintana como um todo indivisível.

Essa obra é bastante peculiar por sua estreita unidade, cada poema é um fragmento do poema geral que Mario Quintana vem compondo ao longo de toda a sua vida. Dos sonetos de *A rua dos cata-ventos*, passando pela prosa lírica do *Caderno H*, até os livros mais recentes, como *A vaca e o hipogrifo* e *Esconderijos do tempo*, sua obra mantém uma qualidade, marca, timbre, ressonância ou maneira que só posso definir como *quintanidade*. Muitos dos pequenos poemas em prosa ou verso de Quintana, isolados, pouco significam além de uma distração lúdica, um jogo sutil de percepção das coisas e dos seres. Mas, dentro de sua obra, lado a lado com outras páginas, eles se iluminam repentinamente – o borrifo irisado da cachoeira vai juntar-se às águas profundas que correm para o estuário de sua poesia, sob cuja aparente amenidade às vezes se oculta um Estige assustador.

Uma antologia de Mario Quintana dificilmente podia deixar de fora todos ou quase todos os sonetos de seu memorável livro de estreia, *A rua dos cata-ventos*, ao qual ele ficou devendo sua instantânea popularidade. O tempo se encarregou de provar que esses sonetos, longe de refletirem um retardo na adoção de novos postulados estéticos, mostravam um tratamento novo dessa forma fixa, tornando-a mais fluida, mais dúctil, mais aberta. O soneto deixava de ser a *fôrma*, era um poema liberto das varas rituais.

Outro livro cuja inclusão *in totum* seria quase obrigatória é o pequenino *O aprendiz de feiticeiro*, pouco mais que uma plaquete. Não posso negar minha especial admiração, diria até minha paixão, por esse livrinho, que passou um tanto quanto despercebido da crítica quando de seu lançamento em 1950 (hoje é uma raridade da qual ninguém se desfaz nem a peso de ouro). Essa admiração eu a partilhava com o saudoso Augusto Meyer, a quem tanto devo para a melhor compreensão da grandeza de Quintana, ele próprio, Augusto, um excelente poeta. Lembro-me de nossas infindáveis conversas a respeito do lírico de Alegrete, cidade que ele colocou no mapa literário brasileiro. Havia entre nós uma espécie de cumplicidade afetiva. Hoje me dou conta de que, para Augusto Meyer, a princípio deve ter parecido estranho que um jovem crítico nordestino se interessasse tão obsessivamente por dois poetas gaúchos *bem* gaúchos, que na melhor das hipóteses a crítica oficial considerava menores, e as novas gerações, na sua faina epigônica, deixavam de observar mais detidamente: o até hoje injustiçado Felipe d'Oliveira e Mario Quintana. Para alguns de meus companheiros de geração literária foi um verdadeiro choque meu artigo "Assassinemos o poeta", no qual confessei minha admiração pelo poeta de *O aprendiz*, contraposta ao cansaço, ao tédio pelas glórias convencionais de nossa poesia.

Um terceiro livro de Mario Quintana que considero indispensável a quem deseje penetrar no mundo fascinante de sua obra é o das *Canções*, publicado em 1946. Até hoje ainda me surpreende o fato de que, no meio de nossos milhares de exegetas universitários recém-formados, poucos se deram ao trabalho de mergulhar as mãos nessa verdadeira arca de preciosidades poéticas. Criou-se entre nós a mística de que só se deve estudar os autores difíceis, constituindo dificuldade, para esse critério, o hermetismo da linguagem, o inusitado do vocabulário e da sintaxe, que de fato permitem elucubrações e interpretações no mais das vezes gratuitas. Não só Mario Quintana, outros poetas e alguns romancistas brasileiros têm pago por parecerem demasiado fáceis para a sede decifratória de nossos escoliastas.

A verdade é que, sob o campo visual da poesia de Mario Quintana, se esconde uma teia infinita de raízes, um entrançado de sentidos, duplos sentidos, alusões, elipses, subentendidos, um código vivencial de cuja tradução o poeta é o único a possuir a chave. E sua aparente simplicidade formal, aos olhos de leitores mais atentos, encobre uma extraordinária riqueza de recursos poéticos, de sutilezas verbais, de soluções rímicas e rítmicas; revela-se também o conhecimento, por parte do poeta, das grandes fontes da poesia universal.

Os quintanólogos (são poucos, mas conhecem a matéria a fundo) estudam com particular atenção um quarto livro do poeta, que é o *Sapato florido* (1948). É absolutamente essencial à compreensão do quintanismo. Por ser fragmentário e quase todo em prosa, sempre ocupa lugar menor nas antologias. Quintana cultiva um tipo de prosa poética que às vezes se confunde com o poema em prosa ou com o pequeno conto lírico. Não poucas vezes, tudo se resume a uma frase, uma linha: "As folhas enchem de *ff* as vogais do vento", um fragmento de verso: "... o dia exato alinha os seus cubos de vidro", uma alusão: "Sua vida era um tango argentino", que pode exigir do leitor algumas leituras: "Acabo de ver um negrinho comendo um ovo. Hein, Lin Yutang?". Pode conter uma sugestão retomada ou expandida em verso ou poema de outro livro.

Também *Espelho mágico* (1943), conjunto de 111 quadras ou quartetos em que à filosofia da vida e da arte se mesclam notas de humor e ceticismo, é pobremente representado nas antologias de Quintana, inclusive nesta. Várias dessas páginas, sobretudo as mais amargas e as mais pitorescas – inevitável predileção do público! –, correm hoje o Brasil anonimamente, o que é uma forma de incorporação à alma e à sabedoria popular.

Esses cinco primeiros livros foram reunidos pela Editora Globo em 1962 no volume *Poesias*. Este e a *Antologia poética* que Rubem Braga organizou em 1966 foram decisivos para que Mario Quintana atingisse uma audiência nacional. Deixou de ser o "poeta de Porto Alegre" para se transformar num dos grandes nomes da poesia brasileira, reconhecimento algo tardio mas sempre válido.

A *Antologia poética* apresentou mais um importante aspecto: a inclusão dos *Novos poemas*. Em 1976, o poeta voltaria a incluir esses poemas na coletânea *Apontamentos de história sobrenatural*, dando assim organicidade à sua obra (afinal, antologia é antologia).

Em 1973 havia saído um volume de seu lendário *Caderno H* (título de sua seção no *Correio do Povo*), quase totalmente de prosa variada, vale dizer, sem a preocupação intrinsecamente poética de *Sapato florido*. Uma dessas páginas, a "Carta" a um jovem poeta, que reproduzo na antologia, corresponde a um depoimento sobre a formação e a arte poética do escritor.

Mais recentes são os *Quintanares* (1976), *A vaca e o hipogrifo* (1977) e *Esconderijos do tempo* (1980). Em 1981 aparecia a *Nova antologia poética*, seleção dos livros anteriores.

Essa antologia tem uma particularidade. O poeta virtualmente remanejou sua obra, deixando de lado o tradicional critério de livro por livro. O resultado foi surpreendente. Revelou a extraordinária unidade da poesia de Mario Quintana, sua atualidade (no sentido de que um bom poema deve atravessar o tempo sem ficar datado) e a multiplicidade de sua inspiração. Assim, a imagem do poeta sai extremamente enriquecida, pode-se mesmo aventar a sugestão de que a *Nova antologia poética* é um novo livro de Mario Quintana. A sensação de novidade impregna até o leitor antigo, algo como uma peça musical com novo arranjo, novo acompanhamento ou transcrita para instrumentos novos. Alguns poemas como que reflorescem.

Louvei-me na lição do próprio poeta para não obedecer, também, à ordem cronológica dos poemas, misturando os livros. Meu pensamento inicial era dividir a antologia segundo uma subjetiva ordem temática: o poeta fala da poesia, o poeta fala do amor e da morte, o poeta lembra a infância, o poeta vê a paisagem, o poeta sorri, o poeta canta... Diluí a intenção original para evitar o artificialismo numa obra alheia, ou pior, o didatismo. Procurei, no entanto, exemplificar o elegíaco, o lírico, o descritivo, a prosa, o chiste, a recordação, a saudade. Tudo em Quintana é tão bom que o leitor pode lê-lo em qualquer sentido, indiferente à numeração das páginas.

O Brasil, ao contrário do que muitos imaginam, tem produzido pouquíssimos poetas líricos. Talvez o último lírico puro que tivemos foi ainda Casimiro de Abreu. No correr dos séculos, poetas que podiam ter sido excelentes líricos deixaram-se iludir pelo som cavernoso da tuba épica, escrevendo longos poemas que só nos enchem de tédio.

Outros enveredaram pela poesia dramática, pela poesia patriótica, pelos hinos e pelas odes ("Nobre animal, o poeta"), sem que muita coisa restasse de tanto esforço bem-intencionado. Mesmo as elegias, que já foram moda, só resistem quando um pouco mais que o talento as legitima.

Apesar de a poesia lírica ser a que apresenta maior resistência à passagem do tempo, apurando-se e quintessenciando-se com esta (em mais de um sentido, a grande lírica do Ocidente foi produzida pelos trovadores medievais), os tratados de estética e os manuais de arte poética insistem na velha superstição dos gêneros maiores e menores, como se Homero, Virgílio, Dante e Camões houvessem deixado prole à altura. Os conteúdos da lírica, seu inato individualismo, sua aderência às emoções e seu imediatismo afetivo levam os teóricos à presunção de que o lírico seja um eterno disponível, um improvisado e bem-dotado, vivendo de inspirações momentâneas; ou, em linguagem mais moderna, um receptivo e não um produtor de mensagens, um recriador e não um criador. A verdade é bem outra: além do talento, do gênio, que marcam os grandes líricos, eles devem possuir rigoroso domínio da forma e ter uma agilidade criadora que lhes permita passar de um estado a outro, de uma inspiração a outra, sem afundar nos lugares-comuns que só fazem engrossar o lixo poético.

Um lirismo quase puro como o de Mario Quintana é raro em nossa poesia moderna. Ele soube manter-se fiel ao seu gênio poético, à sua vocação lírica, quando tantos em torno dele se esgotavam em caminhos equivocados. Autêntico, elaborado e musical, ele tornou-se o que é, não só um dos maiores poetas brasileiros, como também um dos grandes líricos contemporâneos – irmão inteiro dessa família que se faz compreender em qualquer tempo e em qualquer língua.

Fausto Cunha

POEMAS

POEMAS

O AUTORRETRATO

No retrato que me faço
– traço a traço –
Às vezes me pinto nuvem,
Às vezes me pinto árvore...

Às vezes me pinto coisas
De que nem há mais lembrança...
Ou coisas que não existem
Mas que um dia existirão...

E, desta lida, em que busco
– pouco a pouco –
Minha eterna semelhança,

No final, que restará?
Um desenho de criança...
Corrigido por um louco!

AULA INAUGURAL

É verdade que na *Ilíada* não havia tantos heróis
                         como na guerra do Paraguai...
Mas eram bem falantes
E todos os seus gestos eram ritmados como num balé
Pela cadência dos metros homéricos.
Fora do ritmo, só há danação.
Fora da poesia não há salvação.
A poesia é dança e a dança é alegria.
Dança, pois, teu desespero, dança.
Tua miséria, teus arrebatamentos,
Teus júbilos
E,
Mesmo que temas imensamente a Deus,
Dança como David diante da Arca da Aliança;
Mesmo que temas imensamente a morte
Dança diante da tua cova.
Tece coroas de rimas...
Enquanto o poema não termina
A rima é como uma esperança
Que eternamente se renova.
A canção, a simples canção, é uma luz dentro da noite.
(Sabem todas as almas perdidas...)
O solene canto é um archote nas trevas.

(Sabem todas as almas perdidas...)
Dança, encantado dominador de monstros,
Tirano das esfinges,
Dança, Poeta,
E sob o aéreo, o implacável, o irresistível
                                    ritmo de teus pés,
Deixa rugir o Caos atônito...

AH, SIM, A VELHA POESIA...

Poesia, a minha velha amiga...
eu entrego-lhe tudo
a que os outros não dão importância nenhuma...
a saber:
o silêncio dos velhos corredores
uma esquina
uma lua
(porque há muitas, muitas luas...)
o primeiro olhar daquela primeira namorada
que ainda ilumina, ó alma,
como uma tênue luz de lamparina,
a tua câmara de horrores.
E os grilos?
Não estão ouvindo, lá fora, os grilos?
Sim, os grilos...
Os grilos são os poetas mortos.

Entrego-lhe grilhos aos milhões um lápis verde
                                    um retrato
amarelecido um velho ovo de costura
                              os teus pecados as
reivindicações as explicações – menos
o dar de ombros e os risos contidos

mas
todas as lágrimas que o orgulho estancou na fonte
as explosões de cólera

o ranger de dentes
as alegrias agudas até o grito
a dança dos ossos...

Pois bem,
às vezes
de tudo quanto lhe entrego, a Poesia faz uma coisa que parece nada tem a ver com os ingredientes mas que tem por isso mesmo um sabor total: eternamente esse gosto de nunca e de sempre.

O POEMA

Um poema como um gole d'água bebido no escuro.
Como um pobre animal palpitando ferido.
Como pequenina moeda de prata perdida
                    para sempre na floresta noturna.
Um poema sem outra angústia que a sua misteriosa
                    condição de poema.
Triste.
Solitário.
Único.
Ferido de mortal beleza.

O POEMA

O poema é uma pedra no abismo,
O eco do poema desloca os perfis:
Para bem das águas e das almas
Assassinemos o poeta.

O MENINO LOUCO

Eu te paguei minha pesada moeda,
Poesia...
Ó teus espelhos deformantes e límpidos
Como a água! Sim, desde menino,
Meus olhos se abriam insones como flores no escuro
Até que, longe, no horizonte, eu via
A Lua vindo, esbelta como um lírio...
Às vezes numa túnica de Infanta
Sonâmbula... Às vezes virginalmente nua...
E era branca como as nozes que os esquilos
                              descascam na mata...
Pura como um punhal de sacrifício...
(Em meus lábios queimava-se, ignorada, a palavra
                                          mágica!)

TUDO TÃO VAGO

Nossa Senhora
Na beira do rio
Lavando os paninhos
Do bento filhinho

São João estendia
São José enxugava
E o menino chorava
Do frio que fazia

Dorme criança
Dorme meu amor
Que a faca que corta
Dá talho sem dor

(de uma cantiga de ninar)

Tudo tão vago... Sei que havia um rio...
Um choro aflito... Alguém cantou, no entanto...
E ao monótono embalo do acalanto
O choro pouco a pouco se extinguiu...

O Menino dormira... Mas o canto
Natural como as águas prosseguiu...
E ia purificando como um rio
Meu coração que enegrecera tanto...

E era a voz que eu ouvi em pequenino...
E era Maria, junto à correnteza
Lavando as roupas de Jesus Menino...

Eras tu... que ao me ver neste abandono,
Daí do Céu cantavas com certeza
Para embalar inda uma vez meu sono!...

RECORDO AINDA...

Para Dyonelio Machado

Recordo ainda... e nada mais me importa...
Aqueles dias de uma luz tão mansa
Que me deixavam, sempre, de lembrança,
Algum brinquedo novo à minha porta...

Mas veio um vento de Desesperança
Soprando cinzas pela noite morta!
E eu pendurei na galharia torta
Todos os meus brinquedos de criança...

Estrada afora após segui... Mas, ai,
Embora idade e senso eu aparente,
Não vos iluda o velho que aqui vai:

Eu quero os meus brinquedos novamente!
Sou um pobre menino... acreditai...
Que envelheceu, um dia, de repente!...

DA VEZ PRIMEIRA
EM QUE ME ASSASSINARAM

Da vez primeira em que me assassinaram
Perdi um jeito de sorrir que eu tinha...
Depois, de cada vez que me mataram,
Foram levando qualquer coisa minha...

E hoje, dos meus cadáveres, eu sou
O mais desnudo, o que não tem mais nada...
Arde um toco de vela, amarelada...
Como o único bem que me ficou!

Vinde, corvos, chacais, ladrões da estrada!
Ah! desta mão, avaramente adunca,
ninguém há de arrancar-me a luz sagrada!

Aves da Noite! Asas do Horror! Voejai!
Que a luz, trêmula e triste como um ai,
A luz do morto não se apaga nunca!

NOTURNO

Este silêncio é feito de agonias
E de luas enormes, irreais,
Dessas que espiam pelas gradarias
Nos longos dormitórios de hospitais.

De encontro à Lua, as hirtas galharias
Estão paradas como nos vitrais
E o luar decalca nas paredes frias
Misteriosas janelas fantasmais...

Ó silêncio de quando, em alto-mar,
Pálida, vaga aparição lunar,
Como um sonho vem vindo essa Fragata...

Estranha Nau que não demanda os portos!
Com mastros de marfim, velas de prata,
Toda apinhada de meninos mortos...

DENTRO DA NOITE ALGUÉM CANTOU

Dentro da noite alguém cantou.
Abri minhas pupilas assustadas
De ave noturna... E as minhas mãos, pelas paradas,
Não sei que frêmito as agitou!

Depois, de novo, o coração parou.
E quando a lua, enorme, nas estradas
Surge... dançam as minhas lâmpadas quebradas
Ao vento mau que as apagou...

Não foi nenhuma voz amada
Que, preludiando a canção sonâmbula,
No meu silêncio me procurou...

Foi minha própria voz, fantástica e sonâmbula!
Foi, na noite alucinada,
A voz do morto que cantou.

CANÇÃO PARA UMA VALSA LENTA

Minha vida não foi um romance...
Nunca tive até hoje um segredo.
Se me amas, não digas, que morro
De surpresa... de encanto... de medo...

Minha vida não foi um romance...
Minha vida passou por passar.
Se não amas, não finjas, que vivo
Esperando um amor para amar.

Minha vida não foi um romance...
Pobre vida... passou sem enredo...
Glória a ti que me enches a vida
De surpresa, de encanto, de medo!

Minha vida não foi um romance...
Ai de mim... Já se ia acabar!
Pobre vida que toda depende
De um sorriso... de um gesto... um olhar...

CANÇÃO DE BARCO E DE OLVIDO

Para Augusto Meyer

Não quero a negra desnuda.
Não quero o baú do morto.
Eu quero o mapa das nuvens
E um barco bem vagaroso.

Ai esquinas esquecidas...
Ai lampiões de fins de linha...
Quem me abana das antigas
Janelas de guilhotina?

Que eu vou passando e
passando,
Como em busca de outros ares...
Sempre de barco passando,
Cantando os meus quintanares...

No mesmo instante olvidando
Tudo o de que te lembrares.

CANÇÃO DE DOMINGO

Que dança que não se dança?
Que trança não se destrança?
O grito que voou mais alto
Foi um grito de criança.

Que canto que não se canta?
Que reza que não se diz?
Quem ganhou maior esmola
Foi o Mendigo Aprendiz.

O céu estava na rua?
A rua estava no céu?
Mas o olhar mais azul
Foi só ela quem me deu!

CANÇÃO DE OUTONO

Para Salim Daou

O outono toca realejo
No pátio da minha vida.
Velha canção, sempre a mesma,
Sob a vidraça descida...

Tristeza? Encanto? Desejo?
Como é possível sabê-lo?
Um gozo incerto e dorido
De carícia a contrapelo...

Partir, ó alma, que dizes?
Colher as horas, em suma...
Mas os caminhos do Outono
Vão dar em parte nenhuma!

CANÇÃO DE GAROA

Em cima do meu telhado
Pirulin lulin lulin,
Um anjo, todo molhado,
Soluça no seu flautim.

O relógio vai bater:
As molas rangem sem fim.
O retrato na parede
Fica olhando para mim.

E chove sem saber por quê...
E tudo foi sempre assim!
Parece que vou sofrer:
Pirulin lulin lulin...

CANÇÃO MEIO ACORDADA

Laranja! grita o pregoeiro.
Que alto no ar suspensa!
Lua de ouro entre o nevoeiro
Do sono que se esgarçou.
Laranja! grita o pregoeiro.
Laranja que salta e voa.
Laranja que vais rolando
Contra o cristal da manhã!
Mas o cristal da manhã
Fica além dos horizontes...
Tantos montes... tantas pontes...
(De frio soluçam as fontes...)
Porém fiquei, não sei como,
Sob os arcos da manhã.
(Os gatos moles do sono
Rolam laranjas de lã.)

CANÇÃO DE UM DIA DE VENTO

Para Maurício Rosenblatt

O vento vinha ventando
pelas cortinas de tule.

As mãos da menina morta
Estão varadas de luz.
No colo, juntos, refulgem
Coração, âncora e cruz,

Nunca a água foi tão pura...
Quem a teria abençoado?
Nunca o pão de cada dia
Teve um gosto mais sagrado.

E o vento vinha ventando
Pelas cortinas de tule...

Menos um lugar na mesa,
Mais um nome na oração
Da que consigo levara
Cruz, âncora e coração.

(E o vento vinha ventando...)

Daquela de cujas penas
Só os anjos saberão!

CANÇÃO DA NOITE ALTA

Menina está dormindo.
Coração bolindo.
Mãe, por que não fechaste a janela?
É tarde, agora:
Pé ante pé
Vem vindo
O Cavaleiro do Luar.
Na sua fronte de prata
A lua se retrata.
No seu peito
Bate um coração perfeito.
No seu coração
Dorme um leão,
Dorme um leão com uma rosa na boca.
E o príncipe ergue o punhal no ar:
... um grito
  aflito...
      Louca!

CANÇÃO DE JUNTO DO BERÇO

Não te movas, dorme, dorme
O teu soninho tranquilo.
Não te movas (diz-lhe a Noite)
Que ainda está cantando um grilo...

Abre os teus olhinhos de ouro
(O Dia lhe diz baixinho).
É tempo de levantares
Que já canta um passarinho...

Sozinho, que pode um grilo
Quando já tudo é revoada?
E o Dia rouba o menino
No manto da madrugada...

CANTIGUINHA DE VERÃO

Anda a roda
Desanda a roda

E olha a lua a lua a lua!

Cada rua tem a sua roda
E cada roda tem a sua lua

No meio da rua
Desanda a roda: Oh,

Ficou a lua
Olhando em roda...

Triste de ser uma lua só!

CANÇÃO DE PRIMAVERA

Um azul do céu mais alto,
Do vento a canção mais pura
Me acordou, num sobressalto,
Como a outra criatura...

Só conheci meus sapatos
Me esperando, amigos fiéis,
Tão afastado me achava
Dos meus antigos papéis!

Dormi, cheio de cuidados
Como um barco soçobrando,
Por entre uns sonhos pesados
Que nem morcegos voejando...

Quem foi que ao rezar por mim
Mudou o rumo da vela
Para que eu desperte, assim,
Como dentro de uma tela?

Um azul do céu mais alto,
Do vento a canção mais pura
E agora... este sobressalto...
Esta nova criatura!

CANÇÃO DOS ROMANCES PERDIDOS

Oh! silêncio das salas de espera
Onde esses pobres guarda-chuvas lentamente
                                        escorrem...

O silêncio das salas de espera
E aquela última estrela...

Aquela última estrela
E, na parede, esses quadrados lívidos,
De onde fugiram os retratos...

De onde fugiram todos os retratos...

E esta minha ternura,
Meu Deus,
Oh! toda esta minha ternura inútil, desaproveitada!...

PEQUENA CRÔNICA POLICIAL

Jazia no chão, sem vida,
E estava toda pintada!
Nem a morte lhe emprestara
A sua grave beleza...
Com fria curiosidade,
Vinha gente a espiar-lhe a cara,
As fundas marcas da idade,
Das canseiras, da bebida...
Triste da mulher perdida
Que um marinheiro esfaqueara!
Vieram uns homens de branco,
Foi levada ao necrotério.
E quando abriam, na mesa,
O seu corpo sem mistério,
Que linda e alegre menina
Entrou correndo no Céu?!
Lá continuou como era
Antes que o mundo lhe desse
A sua maldita sina:
Sem nada saber da vida,
De vícios ou de perigos,
Sem nada saber de nada...
Com a sua trança comprida,
Os seus sonhos de menina,
Os seus sapatos antigos!

O POETA COMEÇA O DIA

Pela janela atiro meus sapatos, meu ouro,
                         minha alma ao meio da rua
Como Harum-al-Raschid, eu saio incógnito, feliz
                         de desperdício...
Me espera o ônibus o horário a morte – que importa?
Eu sei me teleportar: estou agora
Em um Mercado Estelar... e olha!
Acabo de trocar
– em meio aos ruídos da rua –
alheio ao risos da rua –
todas as jubas do Sol
por uma trança da Lua!

O DIA ABRIU SEU PARA-SOL BORDADO

Para Erico Verissimo

O dia abriu seu para-sol bordado
De nuvens e de verde ramaria.
E estava até um fumo, que subia,
Mi-nu-ci-o-sa-men-te desenhado.

Depois surgiu, no céu azul arqueado,
A Lua – a Lua! – em pleno meio-dia.
Na rua, um menininho que seguia
Parou, ficou a olhá-la admirado...

Pus meus sapatos na janela alta,
Sobre o rebordo... Céu é que lhes falta
Pra suportarem a existência rude!

E eles sonham, imóveis, deslumbrados,
Que são dois velhos barcos, encalhados
Sobre a margem tranquila de um açude...

TRISTE ENCANTO

Para Nilo Milano

Triste encanto das tardes borralheiras
Que enchem de cinza o coração da gente!
A tarde lembra um passarinho doente
A pipilar os pingos das goteiras...

A tarde pobre fica, horas inteiras,
A espiar pelas vidraças, tristemente,
O crepitar das brasas na lareira...
Meu Deus... o frio que a pobrezinha sente!

Por que é que esses Arcanjos neurastênicos
Só usam névoa em seus efeitos cênicos?
Nenhum azul para te distraíres...

Ah, se eu pudesse, tardezinha pobre,
Eu pintava trezentos arco-íris
Nesse tristonho céu que nos encobre...

PINO

Doze touros
Arrastam a pedra terrível.

Doze touros.
Os músculos vibram
Como cordas.

Nenhuma rosa
Nos cornos sonoros,
Nenhuma.

Nas torres que ficam acima das nuvens
Exausto de azul
Boceja o Rei de Ouros.

O DIA

O dia de lábios escorrendo luz
O dia está na metade da laranja
O dia sentado nu
Nem sente os pesados besouros
Nem repara que espécie de ser... ou deus...
      ou animal é esse que passa no frêmito da hora
Espiando o brotar dos seios.

RITMO

Na porta
A varredeira varre o cisco
varre o cisco
varre o cisco

Na pia
a menininha escova os dentes
escova os dentes
escova os dentes

No arroio
a lavadeira bate roupa
bate roupa
bate roupa

até que enfim
    se desenrola
        toda a corda
           e o mundo gira imóvel como um pião!

POEMA

O grilo procura
No escuro
O mais puro diamante perdido.

O grilo
Com as suas frágeis britadeiras de vidro
Perfura

As implacáveis solidões noturnas.

E se isso que tanto buscas só existe
em tua límpida loucura

— que importa? —

Exatamente isto
É o teu diamante mais puro!

VERANICO

Um par de tamanquinhos
Prova o timbre da manhã.

Será o Rei dos Reis,
Com os seus tamanquinhos?

Ei-lo que volta agora zumbindo um trimotor.

Um reflexo joga os seus dados de vidro.

                                      alta
                      alta

E a minha janela é alta
Como o olhar dos que seguiram o voo do
                                primeiro balão
Ou como esses poleiros onde cismam imóveis
                     as invisíveis cacatuas de Deus.

FLORESTA

Dédalo de dedos.
Lanterninhas súbitas.
Escutam as orelhas-de-pau. Ssssio...
O gigante deitado
Se virou pro outro lado.
A velha Carabô
Parou de pentear os cabelos.
É o Vencido... são as duas mãos e a cabeça do
         Vencido que se arrastam.
Que se arrastam penosamente para o poço da Lua,
Para o frescor da Lua, para o leite da Lua,
         para a lua da Lua!
(Filha, onde teria ficado o resto do corpo?)

SESTA ANTIGA

A ruazinha lagarteando ao sol.
O coreto de música deserto
Aumenta ainda mais o silêncio.
Nem um cachorro.
Este poeminho
É só o que acontece no mundo...

É A MESMA A RUAZINHA SOSSEGADA

Para Emílio Kemp

É a mesma a ruazinha sossegada,
Com as velhas rondas e as canções de outrora...
E os meus lindos pregões da madrugada
Passam cantando ruazinha em fora!

Mas parece que a luz está cansada...
E, não sei como, tudo tem, agora,
Essa tonalidade amarelada
Dos cartazes que o tempo descolora...

Sim, desses cartazes ante os quais
Nós às vezes paramos, indecisos...
Mas para quê?... Se não adiantam mais!...

Pobres cartazes por aí afora
Que inda anunciam: – ALEGRIA – RISOS
Depois do Circo já ter ido embora!...

ESTE QUARTO

Para Guilhermino César

Este quarto de enfermo, tão deserto
de tudo, pois nem livros eu já leio
e a própria vida eu a deixei no meio
como um romance que ficasse aberto...

que me importa este quarto, em que desperto
como se despertasse em quarto alheio?
Eu olho é o céu! imensamente perto,
o céu que me descansa como um seio.

Pois só o céu é que está perto, sim,
tão perto e tão amigo que parece
um grande olhar azul pousando em mim.

A morte deveria ser assim:
um céu que pouco a pouco anoitecesse
e a gente nem soubesse que era o fim...

RETRATO NO PARQUE

Como se fosse numa tela
De Marie Laurencin,
O que se vê são seus olhos
De animalzinho atento.

Tudo é tão atmosfera,
O gesto, a cor, o movimento
Que se supõe seja ela
Uma inventiva do vento.

Talvez não esteja pronta...
Porém, em tanto mutar,
Tem aqueles olhos graves
E os seios bem no lugar.

SEGUNDA CANÇÃO DE MUITO LONGE

Havia um corredor que fazia cotovelo:
Um mistério encanando com outro mistério,
                                      no escuro...
Mas vamos fechar os olhos
E pensar numa outra cousa...
Vamos ouvir o ruído cantando, o ruído arrastado
                              das correntes do algibe,
Puxando a água fresca e profunda.
Havia no arco do algibe trepadeiras trêmulas.
Nós nos debruçávamos à borda, gritando os nomes
                                    uns dos outros,
E lá dentro as palavras ressoavam fortes,
                            cavernosas como vozes de leões.
Nós éramos quatro, uma prima, dois negrinhos e eu.
Havia os azulejos reluzentes, o muro do quintal,
                                que limitava o mundo,
Uma paineira enorme e, sempre e cada vez mais,
                                os grilos e as estrelas...
Havia todos os ruídos, todas as vozes daqueles
                                          tempos...

As lindas e absurdas cantigas, tia Tula ralhando
                                    os cachorros,
O chiar das chaleiras...
Onde andará agora o *pince-nez* da tia Tula
Que ela não achava nunca?

A pobre não chegou a terminar a Toutinegra do Moinho,
Que saía em folhetim no Correio do Povo...!
A última vez que a vi, ela ia dobrando aquele
                                    corredor escuro.
Ia encolhida, pequenina, humilde. Seus passos
                                    não faziam ruído.
E ela nem se voltou para trás!

CRÔNICA

Sia Rosaura tirava a dentadura para comer
Por isso ela tinha o sorriso postiço mais sincero
                                        da minha rua
Dona Maruca fazia uns biscoitinhos minúsculos,
                   estalantes e secos chamados mentirinhas
Eduviges era pálida e lia romances lacrimosos de
                                Perez Escrich
Tanto suspirou em cima deles que acabou fugindo
                        com um caixeiro-viajante
O tempo se desenrolava como um rio por entre
                        as casas de porta e janela
    Pequenas vidas
    Pequenos sonhos
Na noite imensa as estrelas eram como girândolas
                        brancas que houvessem parado
Sentados à porta
– dois santos, dois mágicos, dois sábios –
meu velho Tio Libório e o velho farmacêutico
propunham-se e compunham charadas
que depois orgulhosamente remetiam sob
                              nomes supostos
para o grande anuário estatístico recreativo e literário
                            da capital do Estado.

ESCONDERIJOS DO TEMPO

Pela corola do gramofone
O Caruso cantava *Una Furtiva Lagrima*
e ninguém levava a mal aquele tom fanhoso,
talvez porque todo o mundo sabia que ele
                                        já estava morto.
Se alguém espiasse pela goela do gramofone,
poderia ver como era o Outro Mundo,
mas ninguém olhava porque devia ser muito,
                                        muito longe
a ponto de estragar o som daquela maneira.
E o pobre Caruso cantava que te cantava afogado
                                        pelas águas do tempo
e por isso a sua voz era ainda mais pungente:
não é brinquedo estar morto e continuar cantando.
Caruso, eu estou pensando estas coisas não aqui
                                        e agora
mas naquele Café que tu sabes, lá por volta de 1923...
Também não é brinquedo continuar vivo e ficar
                                        falando para o que passou!

A CARTA

Hoje encontrei dentro de um livro uma velha carta
                                    amarelecida,
Rasguei-a sem procurar ao menos saber de quem
                                    seria...
Eu tenho um medo
Horrível
A essas marés montantes do passado,
Com suas quilhas afundadas, com
Meus sucessivos cadáveres amarrados aos mastros
                                    e gáveas...
Ai de mim,
Ai de ti, ó velho mar profundo,
Eu venho sempre à tona de todos os naufrágios!

OS RETRATOS

Os antigos retratos de parede
não conseguem ficar longo tempo abstratos.

Às vezes os seus olhos te fixam, obstinados
porque eles nunca se desumanizam de todo.

Jamais te voltes para trás de repente.
Não, não olhes agora!

O remédio é cantares cantigas loucas e sem fim...
Sem fim e sem sentido...

Dessas que a gente inventava para enganar a
                    solidão dos caminhos sem lua.

NOTURNO

Tudo ficou mais leve no escuro da casa.
As escadas pararam de repente no ar...
Mas os anjos sonâmbulos continuam subindo os
                              degraus truncados.
Atravessando os espelhos como se entrassem
                              numa outra sala,
O sonho vai devorando os sapatos
Os pés da cama
O tempo.
Vovô resmunga qualquer coisa no fim do século
                                     passado.

O DIA SEGUINTE AO DO AMOR

Quando a luz estender a roupa nos telhados
E for todo o horizonte um frêmito de palmas
E junto ao leito fundo de nossas duas almas
Chamarem nossos corpos nus, entrelaçados,

Seremos, na manhã, duas máscaras calmas
E felizes, de grandes olhos claros e rasgados...
Depois, volvendo ao sol as nossas quatro palmas,
Encheremos o céu de voos encantados!...

E as rosas da Cidade inda serão mais rosas,
Serão todos felizes, sem saber por quê...
Até os cegos, os entrevadinhos... E

Vestidos, contra o azul, de tons vibrantes e violentos,
Nós improvisaremos danças espantosas
Sobre os telhados altos, entre o fumo e os cata-ventos!

CÂNTICO

O vento verga as árvores, o vento clamoroso
                              da aurora...
Tu vens precedida pelos voos altos,
Pela marcha lenta das nuvens.
Tu vens do mar, comandando as frotas
                              do Descobrimento!
Minh'alma é trêmula da revoada dos Arcanjos.
Eu escancaro amplamente as janelas.
Tu vens montada no claro touro da aurora.
Os clarins de ouro dos teus cabelos cantam na luz!

DE REPENTE

Olho-te espantado:
Tu és uma Estrela-do-Mar.
Um minério estranho.
Não sei...

No entanto,
O livro que eu lesse,
O livro na mão.
Era sempre o teu seio!

Tu estavas no morno da grama,
Na polpa saborosa do pão...

Mas agora encheram-se de sombra os cântaros

E só o meu cavalo pasta na solidão.

MOTIVO DA ROSA

A rosa, bela Infanta das sete saias
e cuja estirpe não lhe rouba, entanto,
o ar de menina, o recatado encanto
da mais humilde de suas aias,
a rosa, essa presença feminina,
que é toda feita de perfume e alma,
que tanto excita como tanto acalma.
a rosa... é como estar junto da gente
um corpo cuja posse se demora
— brutal que o tenhas nesta mesma hora,
em sua virgindade inexperiente
Rosa, ó fiel promessa de ventura
em flor... rosa paciente, ardente, pura!

PRESENÇA

Para Lara de Lemos

É preciso que a saudade desenhe tuas linhas perfeitas,
teu perfil exato e que, apenas, levemente, o vento
das horas ponha um frêmito em teus cabelos...
É preciso que a tua ausência trescale
sutilmente, no ar, a trevo machucado,
a folhas de alecrim desde há muito guardadas
não se sabe por quem nalgum móvel antigo...
Mas é preciso, também, que seja como abrir uma
                                                                             janela

e respirar-te, azul e luminosa, no ar.
É preciso a saudade para eu te sentir
como sinto – em mim – a presença misteriosa
                                                                            da vida...
Mas quando surges és tão outra e múltipla e
                                                                            imprevista
que nunca te pareces com o teu retrato...
E eu tenho de fechar meus olhos para ver-te!

BAÚ

Como estranhas lembranças de outras vidas,
que outros viveram, num estranho mundo,
quantas coisas perdidas e esquecidas
no teu baú de espantos... Bem no fundo,

uma boneca toda estraçalhada!
(isto não são brinquedos de menino...
alguma coisa deve estar errada)
mas o teu coração em desatino

te traz de súbito uma ideia louca:
é ela, sim! Só pode ser aquela,
a jamais esquecida Bem-Amada.

E em vão tentas lembrar o nome dela...
e em vão ela te fita... e a sua boca
tenta sorrir-te mas está quebrada!

COCKTAIL PARTY

Para Eloí Callage

Não tenho vergonha de dizer que estou triste,
Não dessa tristeza ignominiosa dos que, em vez
                de se matarem, fazem poemas:
Estou triste porque vocês são burros e feios
E não morrem nunca...
Minha alma assenta-se no cordão da calçada
E chora,
Olhando as poças barrentas que a chuva deixou.
Eu sigo adiante. Misturo-me a vocês. Acho vocês
                            uns amores.
Na minha cara há um vasto sorriso pintado a
                                vermelhão.
E trocamos brindes,
Acreditamos em tudo o que vem nos jornais.
Somos democratas e escravocratas.
Nossas almas? Sei lá!
Mas como são belos os filmes coloridos!
(Ainda mais os de assuntos bíblicos...)
Desce o crespúsculo
E, quando a primeira estrelinha ia refletir-se
                        em todas as poças d'água
Acenderam-se de súbito os postes de iluminação!

SEMPRE

Sou o dono dos tesouros perdidos no fundo do mar.
Só o que está perdido é nosso para sempre.
Nós só amamos os amigos mortos
E só as amadas mortas amam eternamente...

POEMA DA GARE DE ASTAPOVO

O velho Leon Tolstói fugiu de casa aos oitenta anos
E foi morrer na gare de Astapovo!
Com certeza sentou-se a um velho banco,
Um desses velhos bancos lustrosos pelo uso
Que existem em todas as estaçõezinhas pobres
                                      do mundo,
Contra uma parede nua...
Sentou-se... e sorriu amargamente
Pensando que
Em toda a sua vida
Apenas restava de seu a Glória,
Esse irrisório chocalho cheio de guizos e fitinhas
Coloridas
Nas mãos esclerosadas de um caduco!
E então a Morte,
Ao vê-lo tão sozinho àquela hora
Na estação deserta,
Julgou que ele estivesse ali à sua espera,
Quando apenas sentara para descansar um pouco!
A Morte chegou na sua antiga locomotiva
(Ela sempre chega pontualmente na hora incerta...)

Mas talvez não pensou em nada disso, o grande Velho,
E quem sabe se até não morreu feliz: ele fugiu...
Ele fugiu de casa...
Ele fugiu de casa aos oitenta anos de idade...
Não são todos os que realizam os velhos sonhos da
                infância!

O QUE CHEGOU DE OUTROS MUNDOS

Tenho uma cadeira de espaldar muito alto
Para o visitante noturno
E enquanto levemente balanço entre uma e outra
                                        vaga de sono,
Ei-lo

O que chegou de outros mundos –
Ali sentado e sem um movimento.

Talvez me olhe como se eu fora a branca estátua
                                    derribada de um deus.

Talvez me olhe como a uma forma já ultrapassada
(que tudo o seu espanto e imobilidade pode dizer).

E eu
Então
– ele ainda deve estar ali! –
Levanto-me e vou cumprindo
Todos os meus rituais.

Todos os estranhos rituais de minha condição e espécie.
Religiosamente. Cheio de humildade e orgulho.

SER E ESTAR

A nuvem, a asa, o vento,
a árvore, a pedra, o morto...

tudo o que está em movimento,
tudo o que está absorto...

aparente é esse alento
de vela rumando um porto

como aparente é o jazimento
de quem na terra achou conforto...

pois tudo o que é está imerso
neste respirar do universo

– ora mais brando ora mais forte
porém sem pausa definida –

e curto é o prazo da vida...

e curto é o prazo da morte.

FIM DO MUNDO

Ponho-me às vezes a cismar como seria belo o fim
                                                                             do mundo,
Antes de Cristo...
                Nos campos verdes
                Decorativas ossadas
                Brancas geometrias.

                Na cidade morta
                Colunas. O azul, imóvel, sonha
                A última asa.

                A folha,
                Graça infinita,
                Se desprende e tomba

                No tanque: leve sorriso da água.

Porém, quando este mundo cibernético for para o
                                        Diabo que o forjicou
E todas as nossas bugigangas eletrônicas virarem
                                                      sucata
E todas as estrelas perderem os seus nomes,

Os únicos poetas que os sobreviventes entenderão
São os que hoje ainda falam no cricrilar dos grilos,
                                            no frêmito

Do primeiro
Amor...
Redescobridores encantados da poesia
Esses pobres homens não serão nem ao menos
                                            arqueólogos

E nós descansaremos, finalmente, em paz!

A NOITE GRANDE

Sem o coaxar dos sapos ou o cricri dos grilos
como é que poderíamos dormir tranquilos
a nossa eternidade? Imagina
uma noite sem o palpitar das estrelas
sem o fluir misterioso das águas.
Não digo que a gente saiba que são águas
estrelas
grilos...
– morrer é simplesmente esquecer as palavras.
E conhecermos Deus, talvez,
sem o terror da palavra DEUS!

DO "ESPELHO MÁGICO"

DO AMIGO

        Olha! É como um vaso
De porcelana rara o teu amigo.
Nunca te sirvas dele... Que perigo!
      Quebrar-se-ia, acaso...

DO ESTILO

    Fere de leve a frase... E esquece... Nada
        Convém que se repita...
Só em linguagem amorosa agrada
A mesma coisa cem mil vezes dita.

DA DISCRETA ALEGRIA

Longe do mundo vão, goza o feliz minuto
Que arrebataste às horas distraídas.
Maior prazer não é roubar um fruto
Mas sim saboreá-lo às escondidas.

DOS NOSSOS MALES

A nós nos bastem nossos próprios ais,
Que a ninguém sua cruz é pequenina.

Por pior que seja a situação da China,
Os nossos calos doem muito mais...

DO ETERNO MISTÉRIO

"Um outro mundo existe... uma outra vida..."
Mas de que serve ires para lá?
Bem como aqui, tu'alma atônita e perdida
　　Nada compreenderá.

DO QUE ELAS DIZEM

O que elas dizem nunca tem sentido?
Que importa? Escuta-as um momento,
Como quem ouve, entre encantado e distraído,
A voz das águas... o rumor do vento...

DOS PONTOS DE VISTA

A mosca, a debater-se: "Não! Deus não existe!
Somente o Acaso rege a terrena existência!"
A Aranha: "Glória a ti, Divina Providência,
Que à minha humilde teia essa mosca atraíste!"

DOS DEFEITOS E DAS QUALIDADES

Diz o Elefante às Rãs que em torno dele saltam:
"Mais compostura! Ó Céus! Que piruetas
　　　　　　　　　　　　　　　incríveis!"
Pois são sempre, nos outros, desprezíveis
　　As qualidades que nos faltam...

DA REALIDADE

    O sumo bem só no ideal perdura...
    Ah! quanta vez a vida nos revela
    Que "a saudade da amada criatura"
    É bem melhor do que a presença dela.

DO AMOROSO ESQUECIMENTO

    Eu, agora, – que desfecho!
    Já nem penso mais em ti...
    Mas será que nunca deixo
    De lembrar que te esqueci?

DOS HÓSPEDES

    Esta vida é uma estranha hospedaria,
    De onde se parte quase sempre às tontas,
    Pois nunca as nossas malas estão prontas,
    E a nossa conta nunca está em dia...

DA HUMANA CONDIÇÃO

    Custa o rico a entrar no Céu
    (Afirma o povo e não erra).
    Porém muito mais difícil
    É um pobre ficar na terra.

PARÁBOLA

A imagem daqueles salgueiros n'água é mais nítida e pura que os próprios salgueiros. E tem também uma tristeza toda sua, uma tristeza que não está nos primitivos salgueiros.

DESESPERO

    Não há nada mais triste do que o grito de um trem no silêncio noturno. É a queixa de um estranho animal perdido, único sobrevivente de alguma espécie extinta, e que corre, corre, desesperado, noite em fora, como para escapar à sua orfandade e solidão de monstro.

OBJETOS PERDIDOS

Os guarda-chuvas perdidos... aonde vão parar os guarda-chuvas perdidos? E os botões que se desprenderam? E as pastas de papéis, os estojos de *pince-nez*, as maletas esquecidas nas gares, as dentaduras postiças, os pacotes de compras, os lenços com pequenas economias, aonde vão parar todos esses objetos heteróclitos e tristes? Não sabes? Vão parar nos anéis de Saturno, são eles que formam, eternamente girando, os estranhos anéis desse planeta misterioso e amigo.

TABLEAU!

Nunca se deve deixar um defunto sozinho. Ou, se o fizermos, é recomendável tossir discretamente antes de entrar de novo na sala. Uma noite em que eu estava a sós com uma dessas desconcertantes criaturas, acabei aborrecendo-me (pudera!) e fui beber qualquer coisa no bar mais próximo. Pois nem queira saber... Quando voltei, quando entrei inopinadamente na sala, estava ele sentado no caixão, comendo sofregamente uma das quatro velas que o ladeavam! E só Deus sabe o constrangimento em que nos vimos os dois, os nossos míseros gestos de desculpa e os sorrisos amarelos que trocamos...

O ESPIÃO

Bem o conheço. Num espelho de bar, numa vitrina, ao acaso do *footing*, em qualquer vidraça por aí, trocamos às vezes um súbito e inquietante olhar. Não, isto não pode continuar assim. Que tens tu de espionar-me? Que me censuras, fantasma? Que tens a ver com os meus bares, com os meus cigarros, com os meus delírios ambulatórios, com tudo o que não faço na vida!?

CONTO CRUEL

I

De repente, o leite talhou nos vasilhames. Foi um raio? Foi Leviatã? Foi o quê?

O burgomestre, debaixo das cobertas, resfolegava orações meio esquecidas.

E os negros monstros das cornijas, com as faces zebradas de relâmpagos, silenciosamente gargalhavam por suas três ou quatro bocas superpostas.

II

E amanheceu um enorme ovo, em pé, no meio da praça, três palmos mais alto que os formosos alabardeiros que lhe puseram em torno para evitar a aproximação do público. Foi chamado então o velho mágico, que escreveu na casca as três palavras infalíveis. E o ovo abriu-se ao meio e dele saiu um imponente senhor, tão magnificamente vestido e resplandecente de alamares e crachás que todos pensaram que fosse o Rei de Ouros. E ei-lo que disse, encarando o seu povo: "Eu sou o novo burgomestre!" Dito e feito. Nunca houve tanta dança e tanta bebedeira na cidade. Quanto ao velho burgomestre, nem foi preciso depô-lo, pois desapareceu tão misteriosamente como havia aparecido o novo, ou o ovo. E os menestréis compuseram divertidas canções, que o populacho berrava nas estalagens, entre gargalhadas e arrepios de medo.

III

Mas por onde andaria o burgomestre?

O seu cachimbo de porcelana, em cujo forno se via um Cupido de pernas trançadas, tocando flauta, foi encontrado à beira-rio. E apesar de todos os esforços, só conseguiram pescar um baú, que não tinha nada a ver com a coisa, e uma sereiazinha insignificante e nada bonita, uma sereiazinha de água doce, que nem sabia cantar e foi logo devolvida ao seu elemento.

Mas quando casava a filha do mestre-escola, encontrou-se dentro do bolo de noiva a dentadura postiça do burgomestre, o que deu aso a que desmaiassem, no ato, duas gerações inteiras de senhoras, e ao posterior suicídio do pasteleiro.

E a caixa de rapé do burgomestre, que era inconfundível e única, multiplicou-se estranhamente e começou a ser achada em todas as salas de espera desertas, pelos varredores verdes de terror, depois que era encerrado o expediente nas repartições públicas e começava a ouvir-se, na rua, o passo trôpego do acendedor de lampiões.

O ANJO MALAQUIAS

O Ogre rilhava os dentes agudos e lambia os beiços grossos, com esse exagerado ar de ferocidade que os monstros gostam de aparentar, por esporte.

Diante dele, sobre a mesa posta, o Inocentinho balava, imbele. Chamava-se Malaquias – tão pequenininho e rechonchudo, pelado, a barriguinha pra baixo, na tocante posição de certos retratos da primeira infância...

O Ogre atou o guardanapo ao pescoço. Já ia o miserável devorar o Inocentinho, quando Nossa Senhora interferiu com um milagre. Malaquias criou asas e saiu voando, voando, pelo ar atônito... saiu voando janela em fora...

Dada, porém, a urgência da operação, as asinhas brotaram-lhe apressadamente na bunda, em vez de ser um pouco mais acima, atrás dos ombros. Pois quem nasceu para mártir, nem mesmo a Mãe de Deus lhe vale!

Que o digam as nuvens, esses lerdos e desmesurados cágados das alturas, quando, pela noite morta, o Inocentinho passa por entre elas, voando em esquadro, o pobre, de cabeça pra baixo.

E o homem que, no dia do ordenado, está jogando os sapatos dos filhos, o vestido da mulher e a conta do vendeiro, esse ouve, no entrechocar das fichas, o desatado pranto do Anjo Malaquias!

E a mundana que pinta o seu rosto de ídolo... E o empregadinho em falta que sente as palavras de emergência fugirem-lhe como cabelos de afogado... E o orador que para em meio de uma frase... E o tenor que dá, de súbito, uma nota em falso... Todos escutam, no seu imenso desamparo, o choro agudo do Anjo Malaquias!

E quantas vezes um de nós, ao levantar o copo ao lábio, interrompe o gesto e empalidece... – O Anjo! O Anjo Malaquias! – ... E então, pra disfarçar, a gente faz literatura... e diz aos amigos que foi apenas uma folha morta que se desprendeu... ou que um pneu estourou... na estrela Aldebaran...

O POETA E A ODE

Sua firme elegância.
Sua força contida.
O poeta da ode
É um cavalo de circo.

Em severa medida
Bate o ritmo dos cascos.
De momento a momento,
Impacto implacável,
Tomba o acento na sílaba.

Dura a crina de bronze.
Rijo o pescoço alto.
Quem lhe sabe da tensa
Fúria, do sagrado
Ímpeto de voo?

Nobre animal, o poeta.

CARTA

Meu caro poeta,

Por um lado foi bom que me tivesses pedido resposta urgente, senão eu jamais escreveria sobre o assunto desta, pois não possuo o dom discursivo e expositivo, vindo daí a dificuldade que sempre tive de escrever em prosa. A prosa não tem margens, nunca se sabe quando, como e onde parar. O poema, não; descreve uma parábola traçada pelo próprio impulso (ritmo); é que nem um grito. Todo poema é, para mim, uma interjeição ampliada; algo de instintivo, carregado de emoção. Com isso não quero dizer que o poema seja uma descarga emotiva, como o faziam os românticos. Deve, sim, trazer uma carga emocional, uma espécie de radioatividade, cuja duração só o tempo o dirá. Por isso há versos de Camões que nos abalam tanto até hoje e há versos de hoje que os pósteros lerão com aquela cara com que lemos os de Filinto Elísio. Aliás, a posteridade é muito comprida: me dá sono. Escrever com o olho na posteridade é tão absurdo como escreveres para os súditos de Ramsés II, ou para o próprio Ramsés, se fores palaciano. Quanto a escrever para os contemporâneos, está muito bem, mas como é que vais saber quem são os teus contemporâneos? A única contemporaneidade que existe é a da contingência política e social, porque estamos mergulhados nela, mas isto compete melhor aos discursivos e expositivos, aos oradores e catedráticos. Que sobra então para a poesia? – perguntarás. E eu te respondo que sobras tu. Achas pouco? Não me refiro à tua pessoa, refiro-me ao teu eu, que transcende os teus limites pessoais, mergulhando no humano. O Profeta diz a todos: "eu vos trago a Verdade", enquanto o poeta, mais humildemente, limita-se a dizer a cada um: "eu te trago a minha verdade". E o poeta, quanto mais individual, mais universal, pois cada homem, qualquer que seja o condicionamento do meio e da época, só vem a compreender e amar o que é essencialmente humano. Embora, eu que o diga, seja tão difícil ser assim autêntico. Às vezes assalta-me o terror de que todos os meus poemas sejam apócrifos!

Meu poeta, se estas linhas estão te aborrecendo é porque és poeta mesmo. Modéstia à parte, as digressões sobre poesia sempre me causaram tédio e perplexidade. A culpa é tua, que me pediste conselho e me colocas na insustentável situação em que me vejo quando essas meninas dos colégios vêm (por inocência ou maldade dos professores) fazer pesquisas com pergunta assim: "O que é poesia? Por que se tornou poeta? Como escreve os seus poemas?" A poesia é destas coisas que a gente faz mas não diz.

A poesia é um fato consumado, não se discute; perguntas-me, no entanto, que orientação de trabalho seguir e que poetas deves ler. Eu tinha vontade de ser um grande poeta para te dizer como que é que eles fazem. Só te posso dizer o que eu faço. Não sei como vem um poema. Às vezes uma palavra, uma frase ouvida, uma repentina imagem que me ocorre em qualquer parte, nas ocasiões mais insólitas. A esta imagem respondem outras. Por vezes uma rima até ajuda, com o inesperado da sua associação. (Em vez de associações de ideias, associações de imagens; creio ter sido esta a verdadeira conquista da poesia moderna.) Não lhes oponho trancas nem barreiras. Vai tudo para o papel. Guardo o papel, até que um dia o releio, já esquecido de tudo (a falta de memória é uma bênção nestes casos). Vem logo o trabalho de corte, pois noto logo o que estava demais ou o que era falso. Coisas que pareciam tão bonitinhas, mas que eram puro enfeite, coisas que eram puro desenvolvimento lógico (um poema não é um teorema), tudo isso eu deito abaixo, até ficar o essencial, isto é, o poema. Um poema tanto mais belo é quanto mais parecido for com um cavalo. Por não ter nada de mais nem nada de menos é que o cavalo é o mais belo ser da Criação.

Como vês, para isso é preciso uma luta constante. A minha está durando a vida inteira. O desfecho é sempre incerto. Sinto-me capaz de fazer um poema tão bom ou tão ruizinho como aos dezessete anos. Há na *Bíblia* uma passagem que não sei que sentido lhe darão os teólogos; é quando Jacob entra em luta com um anjo e lhe diz: "Eu não te largarei até que me abençoes". Pois bem, haverá coisa melhor para indicar a luta do poeta com o poema? Não me perguntes, porém, a técnica dessa luta sagrada ou sacrílega. Cada poeta tem de descobrir, lutando, os seus próprios recursos. Só te digo que deves desconfiar dos truques da moda, que, quando muito, podem enganar o público e trazer-te uma efêmera popularidade.

Em todo caso, bem sabes que existe a métrica. Eu tive a vantagem de nascer numa época em que só se podia poetar dentro dos moldes clássicos. Era preciso ajustar as palavras naqueles moldes, obedecer àquelas rimas. Uma bela ginástica, meu poeta, que muitos de hoje acham ingenuamente desnecessária. Mas, da mesma forma que a gente primeiro aprendia nos cadernos de caligrafia para depois, com o tempo, adquirir uma letra própria, espelho grafológico da sua individualidade, eu na verdade te digo que só tem capacidade e moral para criar um ritmo livre quem for capaz de escrever um soneto clássico. Verás com o tempo que cada poema, aliás, impõe a sua forma; uns, as canções, já vêm dançando, com as rimas de mãos dadas, outros, os dionisíacos (ou histriônicos, como queiras) até parecem aqualoucos. E um conselho, afinal: não cortes demais (um poema não é um esquema); eu próprio, que tanto te recomendei a contenção, às vezes me distendo, me largo num poema que lá vai seguindo com os seus detritos, como um rio de enchente, e que me faz bem, porque o espreguiçamento é também uma ginástica. Desculpa se tudo isso é uma coisa óbvia; mas para muitos, que tu conheces, ainda não é; mostra-lhes, pois, estas linhas.

Agora, que poetas deves ler? Simplesmente os poetas de que gostares e eles assim te ajudarão a compreender-te, em vez de tu a eles. São os únicos que te convêm, pois cada um só gosta de quem se parece consigo. Já escrevi, e repito: o que chamam de influência poética é apenas confluência. Já li poetas de renome universal e, mais grave ainda, de renome nacional, e que no entanto me deixaram indiferente. De quem a culpa? De ninguém. É que não eram da minha família.

Enfim, meu poeta, trabalhe, trabalhe em seus versos e em você mesmo e apareça-me daqui a vinte anos. Combinado?

DA ARTE PURA

Dizem eles, os pintores, que o assunto não passa de uma falta de assunto: tudo é apenas um jogo de cores e volumes. Mas eu, humanamente, continuo desconfiando que deve haver alguma diferença entre uma mulher nua e uma abóbora.

BAR

No mármore da mesa escrevo
Letras que não formam nome algum.
O meu caixão será de mogno,
Os grilos cantarão na treva...
Fora, na grama fria, devem estar brilhando as gotas
                                pequeninas do orvalho.
Há, sobre a mesa, um reflexo triste e vão
Que é o mesmo que vem dos óculos e das carecas.
Há um retrato do Marechal Deodoro proclamando
                                        a República.
E de tudo irradia, grave, uma obscura, uma lenta
                                                música...
Ah, meus pobres botões! eu bem quisera traduzir, para
            vós, uns dois ou três compassos do Universo!...
Infelizmente não sei tocar violoncelo...
A vida é muita curta, mesmo...
E as estrelas não formam nenhum nome.

O POEMA DO AMIGO

Estranhamente esverdeado e fosfóreo,
Que de vezes já o encontrei, em escusos bares
                                      submarinos,
O meu calado cúmplice!

Teríamos assassinado juntos a mesma datilógrafa?
Encerráramos um anjo do Senhor n'algum escuro
                                      calabouço?
Éramos necrófilos
Ou poetas?
E aquele segredo sentava-se ali entre nós todo o
                                      tempo,
Como um convidado de máscara.

E nós bebíamos lentamente a ver se recordávamos...

E através das vidraças olhávamos os peixes
    maravilhosos e terríveis cujas complicadas formas
    eram tão difíceis de compreender como os nomes
    com que os catalogara Marcus Gregorovius na sua
                          monumental *Fauna Abyssalis*.

O ANJO DA ESCADA

Na volta da escada,
Na volta escura da escada.
O Anjo disse o meu nome.
E o meu nome varou de lado a lado o meu peito.
E vinha um rumor distante de vozes clamando
                                    clamando...
Deixa-me!
Que tenho a ver com as tuas naus perdidas?
Deixa-me sozinho com os meus pássaros...
                    com os meus caminhos...
                        com as minhas nuvens...

ALMA PERDIDA

Depois que é o corpo arremessado sobre o cais do
                                        sono
Quem poderá dizer o que é feito da sua alma
                                      milenária? Acaso
Ajunta-se às demais no primitivo abandono do mundo
Acossadas em grutas
Em profundas florestas
Onde se desenrolam imensamente as serpentes
E arde em silenciosa brasa o olhar fixo das feras?
Ou prostra-se ante os Deuses bárbaros
Com seus látegos de raios
Ou seus pés de pedra imóveis e pesados como
                                      montanhas?
Ah! leva então muitos e muitos séculos até que
                                      a madrugada
Feita do cricrilar dos derradeiros grilos
Das cabeleiras úmidas e pendidas dos salsos
Até que a mão da madrugada
Afague
Suavemente as feições do adormecido à deriva...
Sim! À noite, as almas deste mundo vagam em
                                      alcateias como lobos,

O medo as traz unidas e ferozes
E só uma ou outra – a minha? – às vezes,
                              solitária, fica...
– Olha:
Aquele negro, aquele enorme cão uivando para a Lua!

OS GRILOS

Os grilos abrem frinchas no silêncio.
Os grilos trincam as vidraças negras da noite.
E o silêncio das vastas solidões noturnas
é uma rede tecida de cricrilos... Mas
impossível que haja tantos grilos no mundo,
pensa o Doutor... Sim, talvez seja um problema
                            do labirinto,
retruco, telepático. Mas eu só acredito no que está
                            nos meus poemas,
doutor... Meus poemas é que são os meus sentidos
e não esses, tão poucos, que se contam pelos dedos
e não passam de um único bicho estropiado de cinco
                            patas,
com que mal pode se locomover.
Chego ao fim da consulta como chego ao fim deste
                            soneto.
Fecha-se a porta do poema e saio para a rua:
... um pobre bicho perdido, perdido, perdido...

INSCRIÇÃO PARA UMA LAREIRA

A vida é um incêndio: nela
dançamos, salamandras mágicas
Que importa restarem cinzas
se a chama foi bela e alta?
Em meios aos toros que desabam,
cantemos a canção das chamas!

Cantemos a canção da vida,
na própria luz consumida...

OPERAÇÃO ALMA

Há os que fazem materializações...
Grande coisa! Eu faço desmaterializações.
Subjetivações de objetos.
Inclusive sorrisos,
Como aquele que tu me deste um dia com o mais
                                       puro azul de teus olhos
E nunca mais nos vimos. (Na verdade, a gente nunca
                                       mais se vê...) No entanto,
Há muito que ele faz parte de certos estados do céu,
De certos instantes de serena, inexplicável alegria,
Assim como um voo sozinho põe um gesto de adeus
                                       na paisagem,
Como uma curva de caminho,
Anônima,
Torna-se às vezes a maior recordação de toda uma
                                       volta ao mundo!

DEPOIS

Nem a coluna truncada:
Vento.
Vento escorrendo cores,
Cor dos poentes nas vidraças.
Cor das tristes madrugadas.
Cor da boca...
Cor das tranças...
Ah,
Das tranças avoando loucas
Sob sonoras arcadas...
Cor dos olhos...
Cor das saias
Rodadas...
E a concha branca da orelha
Na imensa praia
Do tempo.

PEQUENO POEMA DIDÁTICO

O tempo é indivisível. Dize,
Qual o sentido do calendário?
Tombam as folhas e fica a árvore,
Contra o vento incerto e vário.

A vida é indivisível. Mesmo
A que se julga mais dispersa
E pertence a um eterno diálogo
A mais inconsequente conversa.

Todos os poemas são um mesmo poema,
Todos os porres são o mesmo porre,
Não é de uma vez que se morre...
Todas as horas são horas extremas!

APONTAMENTOS PARA UMA ELEGIA

I

Debruço-me
Sobre mim
Com a melancolia
De quem contempla as coisas disparatadas que há na
vitrina de um *bric*...
Pobre alma, menina feia!
As lágrimas embaciam os teus óculos.
E o mais triste é que são verdadeiras lágrimas,
São um mero subproduto do tempo,
Como esse pó de asas de mariposas
Que ele vai esfarelando, aqui, e ali, sobre todas as
cousas...

II

O meu Anjo da Guarda é dentuça,
Tem uma asa mais baixa que a outra.

III

Obrigado, meninazinha, por esse olhar confiante,
Belo teu beijo como uma estrelinha...
Há muito que eu não me sentia assim, tão bem
comigo...

Há muito que só me dirigiam olhares de interrogação!
Poeta, está na hora em que os galos móveis dos
                              para-raios
Bicam a rosa dos ventos,
Está na hora de trocares a tua veste feita de
                              momentos...
Está na hora
E quando
Aflito
Levas
Teu relógio ao ouvido,
Só ouves o misterioso apelo das águas cantando
distantes!

TÃO LENTA E SERENA E BELA

"Tão lenta e serena e bela e majestosa vai passando
a vaca
Que, se fora na manhã dos tempos, de rosas a coroaria
A vaca natural e simples como a primeira canção
A vaca, se cantasse,
Que cantaria?
Nada de óperas, que ela não é dessas, não!
Cantaria o gosto dos arroios bebidos de madrugada,
Tão diferente do gosto de pedra do meio-dia!
Cantaria o cheiro dos trevos machucados.
Ou, quando muito,
A longa, misteriosa vibração dos alambrados...
Mas nada de superaviões, tratores, êmbolos
E outros truques mecânicos!"

CASAS

Para Cecília Meireles

A casa de Herédia, com grandes sonetos dependurados
                              como panóplias
E escadarias de terceiro ato,
A casa de Rimbaud, com portas súbitas e enganosos cor-
   redores, casa-diligência-navio-aeronave-pano, onde só
   não se perdem os sonâmbulos e os copos de dados,
A casa de Apollinaire, cheia de reis de França e valetes e
   damas dos quatro naipes e onde a gente quebra admi-
   ráveis vasos barrocos correndo atrás de pastorinhas
   do século XVIII,
A casa de William Blake, onde é perigoso a gente entrar,
   porque pode nunca mais sair de lá,
A casa de Cecília, que fica sempre noutra parte...
E a casa de João-José, que fica no fundo de um poço,
   e que não é propriamente casa, mas uma sala de
espera no fundo do poço.

IN MEMORIAN

I

Seus poemas desenhavam seu fino hastil
Suas corolas vibrantes como pequeninas violas
(ou era a vibração incessante dos grilos?)
Seus poemas floriam na tapeçaria ondulante dos prados
Onde os colhia a mão das eternamente amadas
(as que morreram jovens são eternamente amadas...)

II

Seus poemas,
Dentre as páginas de um seu livro,
Apareciam sempre de surpresa,
E era como se a gente descobrisse uma folha seca
Um bilhete de outrora
Uma dor esquecida
Que tem agora o lento e evanescente odor do tempo...

III

E seus poemas eram, de repente, como uma prece
                                          jamais ouvida
Que nossos lábios recitavam – ó temerosa delícia!
Como se, numa língua desconhecida,

Sem querer, falassem
da brevidade
E da
Eternidade da vida...

IV

Ah, aquela a quem seguiam os versos ondulantes
                         como dóceis panteras
E deixava por todas as coisas o misterioso reflexo
                         do seu sorriso;
E que na concha de suas mãos, encantada e aflita
                         recebia
A prata das estrelas perdidas...

V

Nem tudo estará perdido
Enquanto nossos lábios não esquecerem teu nome:
                         Cecília...

O ESPELHO

E como eu passasse por diante do espelho
Não vi meu quarto com as suas estantes
Nem este meu rosto
Onde escorre o tempo.

Vi primeiro uns retratos na parede:
Janelas onde olham avós hirsutos
E as vovozinhas de saia-balão
Como paraquedistas às avessas que subissem do
                                              fundo do tempo.

O relógio marcava a hora
Mas não dizia o dia. O Tempo,
Desconcertado,
Estava parado.

Sim, estava parado
Em cima do telhado...
Como um cata-vento que perdeu as asas!

QUANDO EU MORRER

Quando eu morrer e no frescor de lua
Da casa nova me quedar a sós,
Deixai-me em paz na minha quieta rua...
Nada mais quero com nenhum de vós!

Quero é ficar com alguns poemas tortos
Que andei tentando endireitar em vão...
Que linda a Eternidade, amigos mortos,
Para as torturas lentas da Expressão!...

Eu levarei comigo as madrugadas,
Pôr de sóis, algum luar, asas em bando,
Mais o rir das primeiras namoradas...

E um dia a morte há de fitar com espanto
Os fios de vida que eu urdi, cantando,
Na orla negra do seu negro manto...

GADÊA... PELICHEK... SEBASTIÃO...

Gadêa... Pelichek... Sebastião...
Lobo Alvim... Ah, meus velhos camaradas!
Aonde foram vocês? Onde é que estão
Aquelas nossas ideais noitadas?

Fiquei sozinho... Mas não creio, não,
Estejam nossas almas separadas!
Às vezes sinto aqui, nestas calçadas,
O passo amigo de vocês... E então

Não me constranjo de sentir-me alegre,
De amar a vida assim, por mais que ela nos minta...
E no meu romantismo vagabundo

Eu sei que nestes céus de Porto Alegre
É para nós que inda S. Pedro pinta
Os mais belos crepúsculos do mundo!...

AS MÃOS DE MEU PAI

As tuas mãos têm grossas veias como cordas azuis
sobre um fundo de manchas já da cor da terra
– como são belas as tuas mãos
pelo quanto lidaram, acariciaram ou fremiram da
        nobre cólera dos justos...
Porque há nas tuas mãos, meu velho pai, essa beleza
      que se chama simplesmente vida.
E, ao entardecer, quando elas repousam nos braços
        da tua cadeira predileta,
uma luz parece vir de dentro delas...
Virá dessa chama que pouco a pouco, longamente,
  vieste alimentando na terrível solidão do mundo,
como quem junta uns gravetos e tenta acendê-los
         contra o vento?
Ah! como os fizeste arder, fulgir, com o milagre das
         tuas mãos!
E é, ainda, a vida que transfigura as tuas mãos
         nodosas...
essa chama de vida – que transcende a própria vida
... e que os Anjos, um dia, chamarão de alma.

ENVELHECER

Antes, todos os caminhos iam.
Agora todos os caminhos vêm.
A casa é acolhedora, os livros poucos.
E eu mesmo preparo o chá para os fantasmas.

O MAPA

Olho o mapa da cidade
Como quem examinasse
A anatomia de um corpo...

(É nem que fosse o meu corpo!)

Sinto uma dor infinita
Das ruas de Porto Alegre
Onde jamais passarei...

Há tanta esquina esquisita,
Tanta nuança de paredes,
Há tanta moça bonita
Nas ruas que não andei
(E há uma rua encantada
Que nem em sonhos sonhei...)

Quando eu for, um dia desses,
Poeira ou folha levada
No vento da madrugada,
Serei um pouco do nada
Invisível, delicioso

Que faz com que o teu ar
Pareça mais um olhar,
Suave mistério amoroso,
Cidade de meu andar
(Deste já tão longo andar!)

E talvez de meu repouso...

NOTA BIOBIBLIOGRÁFICA

MARIO (de Miranda) QUINTANA nasceu em Alegrete, RS, a 30 de julho de 1906, filho do farmacêutico Celso de Oliveira Quintana e de D. Virginia de Miranda Quintana. Concluiu o curso primário na escola do mestre português Antônio Cabral Beirão e em 1919 matriculou-se no Colégio Militar, de Porto Alegre, como interno, ali permanecendo até 1924, quando retornou à cidade natal.

Voltou a Porto Alegre em 1926, para trabalhar na Livraria do Globo, na seção de literatura estrangeira, com Mansueto Bernardi, então encarregado do setor editorial. Vence um concurso de contos promovido pelo *Diário de Notícias*, com "O sétimo personagem". Trabalha por algum tempo na redação de *O Estado do Rio Grande do Sul*, dirigido por Raul Pilla; publica poemas na *Revista do Globo*. Em 1930, como voluntário do 7º Batalhão de Caçadores, passa seis meses no Rio de Janeiro. Em 1953 ingressa no *Correio do Povo*.

De 1934 é a sua primeira tradução publicada: *Palavras de sangue*, de Giovanni Papini. Nos anos seguintes, integrando a equipe de tradutores da Globo, verteria para o português obras de Proust, Conrad, Voltaire, Virginia Woolf, Maupassant, Grahann Greene, Balzac, Charles Morgan etc.; algumas dessas traduções foram grandes sucessos e são reeditadas até hoje, como *À sombra das raparigas em flor*, *Sparkenbroke*, *Lord Jim*, *Mrs. Dalloway* e *A laguna azul*.

Seu primeiro livro de poesia, *A rua dos cata-ventos*, apareceu em 1940, com ótima repercussão de crítica e de público. Publicaria a seguir: *Canções* (com ilustrações de Noêmia), 1946; *Sapato florido*, 1947; *Espelho mágico*, 1948; *O aprendiz de feiticeiro*, 1950; *Poesias*, 1962 (reunindo os livros anteriores); *Antologia poética*, 1966; *Caderno H*, 1973; *Pé de pilão* (infantil, ilustrado por Edgar Koetz), 1975; *Quintanares*, 1976; *Apontamentos de história sobrenatural*, 1976; *A vaca e o hipogrifo*, 1977; *Prosa e verso*, 1978; *Nova antologia poética*, 1981; *O baú de espantos*, 1986; e *Diário poético*, 1986/1987.

Figura em inúmeras antologias nacionais e estrangeiras, em livros escolares, em dicionários de literatura e enciclopédias. Gravou diversos discos de poemas. É detentor de vários prêmios literários e ao longo dos anos recebeu sucessivas homenagens.

O poeta faleceu em 1º de maio de 1994.

ÍNDICE

O último lírico Mario Quintana	7
O autorretrato	15
Aula inaugural	16
Ah, sim, a velha poesia…	18
O poema	20
O poema	21
O menino louco	22
Tudo tão vago	23
Recordo ainda…	25
Da vez primeira em que me assassinaram	26
Noturno	27
Dentro da noite alguém cantou	28
Canção para uma valsa lenta	29
Canção de barco e de olvido	30
Canção de domingo	31
Canção de outono	32
Canção de garoa	33
Canção meio acordada	34
Canção de um dia de vento	35
Canção da noite alta	36
Canção de junto do berço	37
Cantiguinha de verão	38
Canção de primavera	39
Canção dos romances perdidos	40
Pequena crônica policial	41
O poeta começa o dia	42

O dia abriu seu para-sol bordado	43
Triste encanto	44
Pino	45
O dia	46
Ritmo	47
Poema	48
Veranico	49
Floresta	50
Sesta antiga	51
É a mesma a ruazinha sossegada	52
Este quarto	53
Retrato no parque	54
Segunda canção de muito longe	55
Crônica	57
Esconderijos do tempo	58
A carta	59
Os retratos	60
Noturno	61
O dia seguinte ao do amor	62
Cântico	63
De repente	64
Motivo da rosa	65
Presença	66
Baú	67
Cocktail party	68
Sempre	69
Poema da gare de Astapovo	70
O que chegou de outros mundos	72
Ser e estar	73
Fim do mundo	74
A noite grande	76
Do "Espelho mágico"	77
Parábola	80
Desespero	81

Objetos perdidos	82
Tableau!	83
O espião	84
Conto cruel	85
O Anjo Malaquias	87
O poeta e a ode	89
Carta	90
Da arte pura	95
Bar	96
O poema do amigo	97
O anjo da escada	98
Alma perdida	99
Os grilos	101
Inscrição para uma lareira	102
Operação alma	103
Depois	104
Pequeno poema didático	105
Apontamentos para uma elegia	106
Tão lenta e serena e bela	108
Casas	109
In memorian	110
O espelho	112
Quando eu morrer	113
Gadêa… Pelichek… Sebastião…	114
As mãos de meu pai	115
Envelhecer	116
O mapa	117
Nota biobibliográfica	119

LEIA TAMBÉM

MELHORES POEMAS ARNALDO ANTUNES
Seleção e prefácio de Noemi Jaffe

"A minha poesia anseia outros lugares. É como se a palavra fosse um porto seguro, com o qual tenho mais intimidade, mas do qual me aventuro a outros lugares." Na poesia de Arnaldo Antunes se entrelaçam letras e formas. O poeta pensa palavras e desenha versos, canções, performances. Nesta coletânea, reuniu-se, com primor, o melhor de sua produção poética.

MELHORES POEMAS CECÍLIA MEIRELES
Seleção e prefácio de André Seffrin

Considerada a mais alta personalidade feminina da poesia brasileira e um dos maiores nomes de nossa literatura, em qualquer época, Cecília Meireles deixou uma obra poética intensa e perturbadora, caracterizada pela busca ansiosa de apreender e compreender o mistério da vida.

MELHORES POEMAS CORA CORALINA
Seleção e prefácio de Darcy França Denófrio

Essa obra traz a seleção especial dos mais célebres poemas de Cora. Organizada por Darcy França Denófrio, mestre em Teoria Literária, a obra apresenta-se em formato pocket. Simples, muito próxima do gosto do povo, fluindo com naturalidade, a poesia de Cora Coralina encontrou uma imensa receptividade popular.

O segredo talvez esteja no fato de que os seus versos dizem o que as pessoas sentem, mas não conseguem expressar, e na grande simpatia pelo semelhante, sobretudo os humilhados e perseguidos.

MELHORES POEMAS FERREIRA GULLAR
Seleção e prefácio de Alfredo Bosi

Ferreira Gullar tem como preocupação fundamental o ser humano e o mundo que o cerca: "Todas as coisas de que falo estão na cidade / entre o céu e a terra / são coisas, todas elas, / cotidianas, como bocas / e mãos, sonhos, greves, denúncias", mas também a injustiça, a opressão social, o sentido da vida, como autêntico poeta de nosso tempo.

MELHORES POEMAS MANUEL BANDEIRA
Seleção e prefácio de André Seffrin

Com nova seleção e novo prefácio do crítico literário e ensaísta André Seffrin, *Melhores poemas Manuel Bandeira* contempla todas as fases do escritor. A antologia constitui-se, assim, numa oportunidade ímpar para os leitores se deliciarem com os versos mais sublimes do poeta.

Simples, coloquial, irônico, por vezes irreverente, poetando em versos modernos ou tradicionais, Bandeira foi sempre um poeta maior, dos maiores da literatura brasileira.

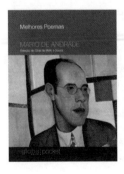

MELHORES POEMAS MÁRIO DE ANDRADE
Seleção e prefácio de Gilda de Mello e Souza

Uma das personalidades literárias mais expressivas do Brasil no século XX, Mário de Andrade camuflou seu pensamento no processo poético por meio de símbolos, metáforas e substituições. Visando melhor desvendá-lo, reuniram-se nessa obra poemas de *Pauliceia desvairada* e *Losango cáqui*, entre outros, que revelam a realidade e a alma profunda do poeta.

MELHORES POEMAS PAULO LEMINSKI
Seleção e prefácio de Fred Góes e Álvaro Marins

Uma das grandes revelações da poesia brasileira, nas duas últimas décadas do século XX, Paulo Leminski renovou o cenário poético nacional com uma obra irreverente e cheia de contrastes, na qual a herança milenar dos haicais se misturava à inquietação dos *beatniks* e às experiências formais do concretismo. Uma poesia do nosso tempo.

MELHORES POEMAS TORQUATO NETO
Seleção e prefácio de Cláudio Portella

Em Torquato, poemas e letras musicais se mesclam. A poética escrita e a cantada se enlaçam. Para criar, ele se inspira em qualquer expressão existencial, recorrendo sobretudo à colagem. Um dos principais ícones do Tropicalismo, o poeta não se preocupava apenas com a dimensão formal de sua arte, traduzia em seus versos sua própria ideologia.